Título original en gallego: **Chocolata**

© del texto	Marisa Núñez 2006
© de las ilustraciones	Helga Bansch 2006
© de la traducción	Marisa Núñez 2006
© de esta edición	OQO Editora 2006

Alemaña 72	36162 PONTEVEDRA
Tfno. 986 109 270	Fax 986 109 356
OQO@OQO.es	www.OQO.es

| Diseño | Oqomania |

Primera edición	junio 2006
ISBN	84.96573.63.X
DL	PO.327.06

CHOCOLATA

Marisa Núñez   Ilustraciones de **Helga Bansch**

OQO EDITORA

Eran las cinco en punto de la tarde.

Todo estaba en calma.

Chocolata tomaba su baño diario en la laguna,
y Teófilo escuchaba en el viento
las noticias del día.

De pronto, Teófilo gritó:

– **¡Chocolata!**
¡Acabo de oír que en la ciudad
hay una estupenda casa de baños!

– **¿CASA DE BAÑOS?** -preguntó Chocolata, interesada-.
¡QUÉ IDEA MÁS DIVERTIDA!
¡IRÉ A PROBARLA ENSEGUIDA!

Al día siguiente,
Chocolata despertó temprano,
se despidió de sus amigas
y, con una minimaleta,
atravesó la selva, camino de la ciudad.

Nada más llegar pensó:

TENGO UNA PINTA SALVAJE
Y ASÍ LLAMO LA ATENCIÓN.
VEO QUE AQUÍ ANDAN DE TRAJE…
¡BUSCARÉ UNA SOLUCIÓN!

Y entró en una tienda de ropa.

Probó calzones, pijamas, faldas de volantes…

Y se compró un chándal con cremalleras,
un camisón rosa
y un bikini de talla súper.

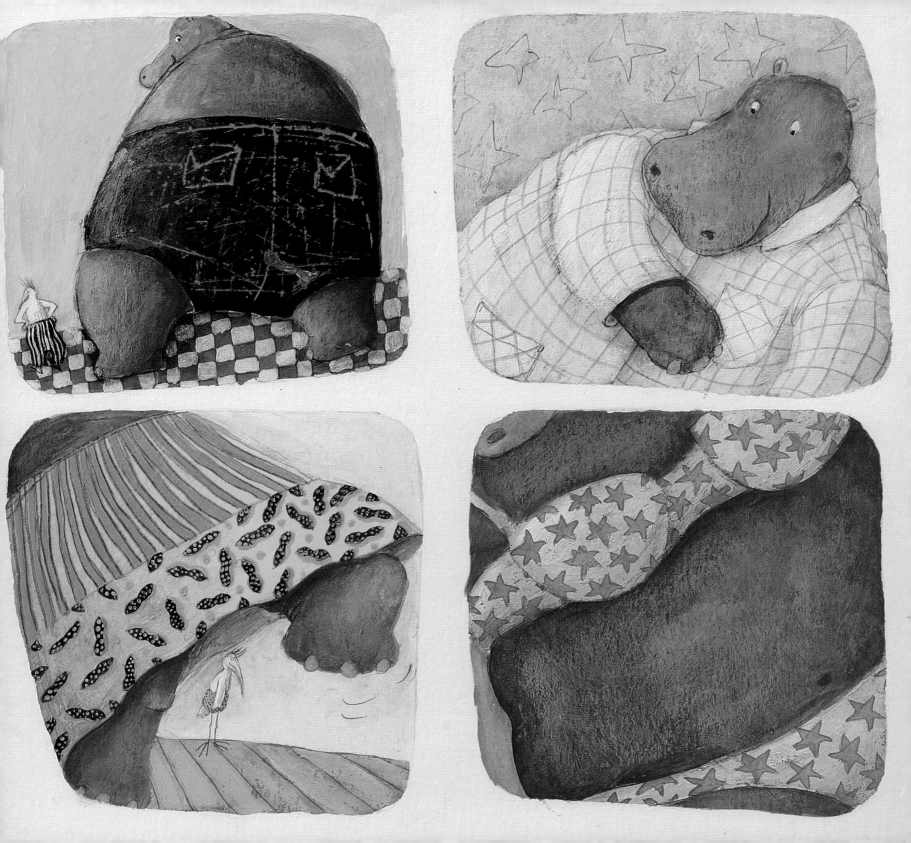

Después,
Chocolata fue a una zapatería y dijo:

– **NECESITO UNOS ZAPATOS**
ELEGANTES Y BARATOS.

Le enseñaron unos de piel de cocodrilo,
y casi le da un patatús.

Probó sandalias,
botas de punta, botas de tacón…
y unos tenis con lucecitas
que se encendían y se apagaban al andar.

Los tenis le gustaron mucho
y se los llevó puestos.

Con tanta caminata, le entró hambre.

En un restaurante vegetariano
le sirvieron veinte platos
de hierba de la sabana en salsa verde
y once litros de agua mineral.

El menú era un poco caro,
la mesa algo pequeña,
y la silla demasiado frágil para sentarse;
pero Chocolata comió cuanto pudo
y se quedó muy a gusto.

A las cinco en punto de la tarde,
llegó a la casa de baños.

La bañera era un poco estrecha,
el bikini algo justo,
y el agua demasiado escasa para sumergirse;
pero Chocolata pasó la tarde charlando,
y disfrutó de una compañía fabulosa.

Al salir del baño,
Chocolata pensó en comprar
un regalo para Teófilo,
y buscó una librería.

*Lo que más le gustaba a Teófilo
era hacer monadas y contar cuentos.*

Había cuentos de cabras bobas,
de princesas dormilonas,
de gatos pelados…
Y Chocolata eligió uno de la selva africana.

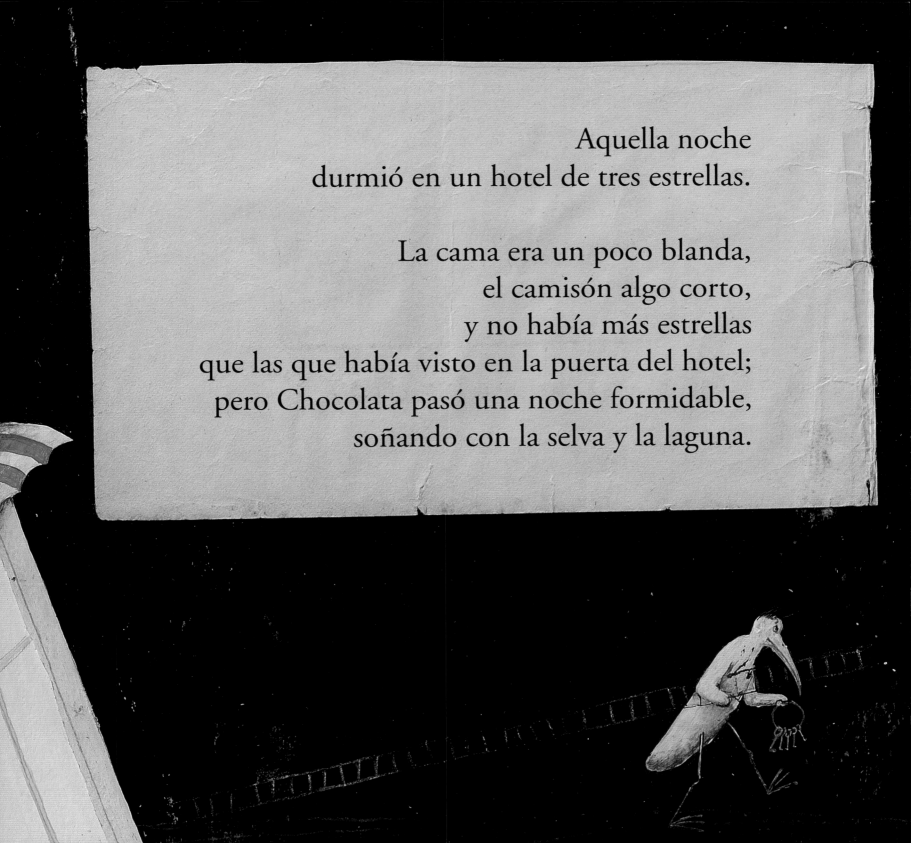

Aquella noche
durmió en un hotel de tres estrellas.

La cama era un poco blanda,
el camisón algo corto,
y no había más estrellas
que las que había visto en la puerta del hotel;
pero Chocolata pasó una noche formidable,
soñando con la selva y la laguna.

Por la mañana, Chocolata se calzó los tenis de lucecitas,
se vistió el chándal con cremalleras y,

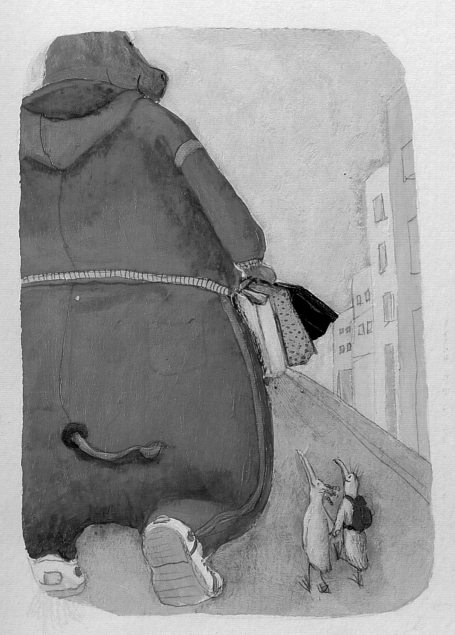

enciende-apaga, enciende-apaga, enciende-apaga...

regresó a la laguna.

A las cinco en punto, Teófilo,
que estaba escuchando el viento de la tarde, gritó:

– ¡Llega *Cocholaataaa…!*

No es que hiciera monadas;
es que, con la emoción, se le trabó la lengua.

Y todas sus amigas salieron a recibirla,
con muchas ganas de escuchar novedades.

Chocolata contó su viaje y habló de la ciudad.

Teófilo se puso el camisón rosa,
colgó los tenis en la laguna,
como farolillos intermitentes,
y les hizo reír con sus monadas.

Chocolata y sus amigas chapotearon,
se sumergieron en el agua,
se restregaron con barro…
¡Era el mejor baño del mundo!

Al anochecer,
Teófilo les contó un cuento de la selva africana
y se quedaron dormidas,
mirando las estrellas.